yakeinooku

句集

夜景の奥

浅川芳直

東京四季出版

序句

秋の草刈り始めたる音届く

蓬田紀枝子

序

『夜景の奥』は浅川芳直さんの十代から二十代の句をまとめた第一句集である。現在三十歳。芳直さんが俳句を始めたのは五歳のとき。幼稚園年中組で初めて詠んだ句が黒板に貼り出され、それを見た祖母の津軽一枝さんが芳直さんに俳句を勧めたのがきっかけという。一枝さんは「駒草」の会員であったので「駒草」への入会となった。当時「駒草」の主宰は蓬田紀枝子が務めていた。やがて私が主宰を引き継ぎ、芳直さんの年齢を超えた綺麗な字に「親の代筆ですか」と紀枝子先生に聞くと「いや、自分で書いているのよ」とのこと。その早熟ぶりには驚かされた。聞けば正座をして俳句の本を読むのが好きだったとのこと。「駒草」のバックナンバーも大学で精読しており、写生を貫くという姿勢は自ずから選び取った俳句の道であったと思う。

私的な便りをもらったのは、大学合格報告を兼ねた年賀状で、剣道の面を被ったままだったので、顔はわからずじまいだった。その芳直さんが射程を決めて俳句へ邁進するようになるのは大学卒業前から。
句集の第一章「春ひとつ」にあたる。教育実習、アルバイト、また長年続けている剣道が展開する。

電飾の光が曝す幹寒し
一瞬の面に短き夏終る
約束はいつも待つ側春隣
夏めいて教育実習先の島
空調音単調キャベツ切る仕事
光りつつ飛雪は額に消えにけり

写生を基本としながら、作者の立ち位置を明確に詠んで瑞々しい。十代・二十代の生活が清潔感をもって詠まれている。
第二章は大学院生の時代。フットワーク軽く動ける年代。初めて句会を共にしたのは東日本大震災数年後の浦戸諸島の一つ、寒風沢（さぶさわ）島を超結社で吟行した折。

水平線もりあがり鳥雲に入る
春昼の酔うてもムツオにはなれぬ

の二句がそのときの句。一句目は人気句に。二句目は、同行していた高野ムツオ氏を詠み、ふと侮れない器用さを感じたものだった。一人こつこつと学んできた俳句力の厚みを感じたときでもある。この時期から俳句総合誌へ句を発表する機会も多くなり、先の見えない曖昧な詠みぶりもあったが、

日向濡れゆく初雪の駐車場

二階より更地の見えて盆の入

など、季語をよく生かし、写生の技量を確かなものにしている。学究の徒としてのかけがえのない次の句も忘れ難い。

論文へ註ひとつ足す夏の暁

第三章は充実した句が揃い、いろいろな新人賞へとつながっていった時期でもある。

少年の葱を一本さすリュック

雪となる夜景の奥の雪の山

電灯のひそかな異音さくらの夜

蟻の道水平線の迫りくる

白ばらへ雨の垂直濁りけり

虎尾草へ気息をおろす素振りかな

初雪のこぼれくる夜の広さかな

繊細さと強さが句を支えている。三句目の「命」の把握に青年らしい独特なものを感じる。

第四章では、他者への暮しへ眼が向いている。これからの詠む方向でもあろうか。

山々は青空区切るそばの花

新幹線無月の山へなだれこむ

集落を人影蜘蛛の狩しづか

冬耕に魚干す風の触れゐたり

芳直さんは、俳句の道を前へ前へと自力で切り開いてきた人である。論も立つ。

そして一集に流れているのは「光」の明るさと「雪」の眩しさである。

『夜景の奥』を携えた若武者の、今出陣の蹄音を聞く思いである。

令和五年九月吉日

む亭にて　西山　睦

目次

装幀　渡波院さつき

句集

夜景の奥

やけいのおく

第一章　春ひとつ

平成十四年〜二十八年

平成十四年〜二十六年

満開のさくらを背なに地下へ入る

逃水や無人の駅のひろびろと

浅川城址

城山より見据ゑ阿武隈夏霞

剣道大会

一瞬の面に短き夏終る

紅葉かつ散り自転車の籠の中

電飾の光が曝す幹寒し

東日本大震災

春ひとつ抜け落ちてゐるごとくなり

教科書の口絵ワイドに春の海

夕涼や神社の麓を貨車通る

山栗の大きく実り床の間へ

新春の小石ひとつを蹴つて泣く

約束はいつも待つ側春隣

野々島　浦戸中学校　三句

夏めいて教育実習先の島

かごめかごめ残花瓦礫へ降りゐたり

給食の麦飯の皿かく軽し

自転車を降りる呼吸や祭なか

山の湯に降る星一つ盆終る

図書館のいつもゐる席十二月

平成二十七年

特盛のパフェの奥底春愁は

日溜りに立つ文學部卒業す

進学

春の夢月曜じわとやつて来る

寒風沢島（さぶさは）　三句

踏青や人好きの犬離れゆき

春疾風少女瞳に翳をもつ

つばくらめ海の反射を高く去る

蟻一頭九階へゆく昇降機

冷房車出てよみがへる雨の音

雨あがるひかり氷菓の封を切る

空調音単調キャベツ切る仕事

貴重書架下段のニーチェあぶらむし

油虫じつと見てゐる人の影

野家啓一先生

四面書架哲学教授昼寝覚

青き灯の洩れたる書庫の明易し

小諸

石垣の日かげればまた青葉騒

向日葵が突つ立つてゐる外科医院

蟬の屍が眩しアスファルトの硬し

颱風の去り雲の金海の青

旧制松江高校自習寮　世古諏訪句碑

ただ一輪秋たんぽぽの添へる句碑

秋高しポケットの切符いつか折れ

餘部駅

山と海あり秋光の数十戸

初秋の海を見る犬繋がれて

くさめ呑む電子計量器微動

平成二十八年

光りつつ飛雪は額に消えにけり

一死満塁応援団に花の雨

染師町抜け夜桜の駄菓子店

缶チューハイ一本を守(も)る砂日傘

香水のほのか夜景に背を向けて

文化横丁　カレーショップ酒井屋

書を離れ秋麗を身にアルバイト

あかるくてからつぽしぼり器のレモン

壷の碑

姥百合の実の時詰めてゐる力

雲寄せて風のコスモス白きのみ

赤き灯を交番まはす虫の夜

児童らの密談さざんくわ揺れてゐる

マフラーを解きて席の落ち着けり

第二章　雑魚の眼

平成二十九年〜三十年

平成二十九年

寒風沢島　二句

水平線もりあがり鳥雲に入る

春昼の酔うてもムツオにはなれぬ

言はぬことありて握手や春の雲

オーストラリア・ケアンズ　八句

ゆつたりと回る潮の香扇風機

砂へ人うづめ水着の中も砂

水眼鏡ひかりの帯の流れけり

吸殻の火や涼風のマーケット

吾のほかに涼しと言はぬ鉄路なり

ライフガード装着最強の裸身

峰雲や丘なす一大牧草地

王冠を飛ばし真夏のオリオン座

「俳句王国がゆく」収録、加美にて涼風真世さんと　二句

真世さんのゐる木漏れ日の涼しさよ

みちのくの煤の力をもつ裸身

改札を別れ梅雨入り前の星

塾の灯の人を吐き出す灯取虫

立石寺

息切れのあと雄弁にグラジオラス

夏座敷素揚げの雑魚の眼の大き

風立つや人に渇きて海の家

鳳仙花昭和の駅舎光充ち

山霧を分けくる沢の青さかな

日向濡れゆく初雪の駐車場

電飾に駅に師走の雪しづか

降りてゆく寒夜の底の珈琲館

平成三十年

郵便受ぽんと音して大旦

七日粥箸につきくるひかりあり

修士号授与

聞き取れぬ英語蛙の目借り時

揺れながら逢魔が時をつくしんぼ

川音は地を這ひのぼる花薊

絶頂へ叫ぶボーカル夏立てり

桜実となり雲梯は風の道

論文へ註ひとつ足す夏の暁

頭痛激し明朝体に夏風邪に

いわき　薄磯地区

夕焼の高台椅子の軋む音

田は闇に沈み一軒の灯涼し

捩花やバスが来ぬなら歩きだす

脇道は声をひそめて荒神輿

地ビールの乾杯どれも違ふいろ

夜濯に道着の藍の匂ひけり

祖母　浅川絢　一〇二歳

炎昼にあるなしの風新仏

うす雲の中に浮く雲不死男の忌

二階より更地の見えて盆の入

紙コップ萎れ残暑を乾しにけり

すぐ足を漬けたし渓の秋高し

封を切るパリの便りや星月夜

後藤比奈夫先生

秋の夜の句集髪油の香り

須川高原

山の雲迅し芒の反射光

秋の雨待たせる人の見えてきて
雨音へバイクの消ゆる朝の冷

八幡平

雪せまる麓や地熱発電所

初雪が雨にラジオからロック

あり余る日向としての冬田かな

風どことなく冬麗の石ぼとけ

木枯やストロー浮いてくるコーラ

日のかつと地に窓につく迄は雪

第三章　雪くるか

平成三十一年〜令和二年

平成三十一年

少年の葱を一本さすリュック

朝刊を光のよぎる寒の入

靴下の転がつてゐる冬日向

雪となる夜景の奥の雪の山

手袋に切符一人に戻りたる

雪解風陸羽東線来る気配

蟻穴を出づ厨房のカレーの香

山ひとつ昭和の団地木の芽張る

耕や蟬幼虫の死を抛り

建売の骨組み上がり月おぼろ

春愁はきつと退屈タオル乾す

仙石線四月の雪のすぐ積もり

一本は海に吼えたる黄水仙

鳥帰る窓辺に小さき魔法瓶

明日咲くかさくら樹液を満たしけり

騎馬像の刳りたる眼風光る

翳さつと小流れへさす花盛り

花曇きれいに割れぬチョコレート

空の辺に山の連なる啄木忌

電灯のひそかな異音さくらの夜

立看板減りゆく桜蘂降れり

令和元年

葉擦れとも水の音とも夜の新樹

朴の花太陽高くして乾ぶ

雲の峰驢馬の視線の定まりぬ

鵜ノ尾岬　七句

津波禍の崖大いなる薄暑光

ぐんぐんと鳶の消えたる青岬

狛犬の新緑の闇見据ゑをり

破船一つ蚰蜒の群れたる禁漁区

砂溜る破船の中や南吹く

蟻の道水平線の迫りくる

やがてまた波音風の青岬

噴水へさし出す坊主頭かな

紅蜀葵袋小路を濃くしたり
にんじんの皮のはらりと敗戦日

累代に殉死の墓も秋暑し

出奔と家譜に短くばつたんこ

茄子の馬夜のカーテンふつと揺れ

流木の端のみ乾く秋の蝶

曼珠沙華ひとすぢの道曲がりけり

田の風の墓域へ通ふ葉月かな

大須賀乙字俳号の由来とも

野分後の濁流として乙字ヶ滝

越水の穭田視界のかぎり照る

晩秋のくちびる渇ききる目覚め
小暗きへ導いてゆく草の花

唐辛子雲に夕日の溢れをり

夢のあと真夜の秋灯ひとつ消す

踏切の一瞬に断つ冬の虹

カフェオレの皺さつと混ぜ雪くるか

雪飛ばす山を彼方に鳩の首

拭ひたる車窓の山野みぞれけり

息白しネオンに不備の破裂音

ハイビーム枯木つぎつぎ去りにけり

三叉路へ神杉の鉾冬の月

わが深きところへ飛雪息晒す

顎の骨がきと鳴りたる霜の朝

平積みにしておく書物クリスマス

足裏を凝らせる稽古納めかな

令和二年

甲冑の髭撥ねてゐる御慶かな

雛祭上着薄手にしてゆかむ

家中に多忙の音や牡丹雪

上五島町　キリシタン洞窟

白き蝶手すりより船ふるへだす

駄馬に泥ついて歩めりふきのたう

みぞおちの締まつてゆけり春の雲

クローバーからりと犬の車椅子

はめごろし窓へかたまる春の蠅

都忘れ踊めば胸を風通る

風信子明日の雨にしづみさう

人佇つと忽とあかるし辛夷散る

落ちてきし赤子雀と空透明

白ばらへ雨の垂直濁りけり

水底を泥膨れくる植田風

初蟬や真つ赤に剝かれ松の肌

蕗の葉に水の濃淡走りたり

草厚く積みたる畦の蟬の羽化

土を乾すビニルの端を蜥蜴の尾

虎尾草へ気息をおろす素振りかな

梅雨夕焼黄色のシャツをさみしうす

薔薇しぼむ薄明りして壜の水

掛時計ながながと鳴る夜涼かな

突風の天牛触角のみ動く

夕影に虹の匂ひの残りけり

坪沼 三句

梅雨霧や車の鍵のかかる音

夜を鎮め鎮め蛍火湧きあがる

蛍火の水輪の芯へ還りけり

青梅雨の光を吸ひし髪を梳く

夜の靄を動かしてゐる百合の群

蜘蛛の囲のからつぽの白靡きたる
揚羽蝶葉にこぼしゆく卵かな

伊豆沼

栗駒(くりこま)山や蓮見の水脈の濁りたつ

蝸牛のぼる獣型遊具の目

火蛾集ふ避妊具自動販売機

果実酒の翳のただよふ夜の秋

山風のすいと入りくる辻相撲

研ぎ痩せの手鎌に水の澄みにけり

川原毛地獄

背骨より秋思のゆるぶ野湯かな

鉄棒の日晒しの錆秋高し

曼珠沙華吹き残されて茎二本

鉄塔の影へ蹤きたる稲ぼつち

稽古着の紺に夜寒の来てゐたり

水たまり夜はきらきらとばつた跳ぶ

藤七温泉　二句

星降るや山に漲る星の息

山霧の果てを朝日といふ火球

鉛温泉は「なめとこ山」の入口

涸川の夜に白波の棲みつける

荒星に流るる星の幾筋か

初雪のこぼれくる夜の広さかな

第四章　パインの木

令和三年〜五年一月

令和三年

去年の雪ざつとこぼして神樹あり

祖父　津軽芳三郎九十八歳　七句

パトカーの泰然として冴えにけり

白鬚白眉湯に漬きて寝ね春を待つ

テレビ喧し冬服ゆるく畳まるる

玄関に傘一つ立ち風冷たし

書初に俗名と生前法名と

昨夜は生者の綿子でありし軽さかな

雪はげし炎を拒む大腿骨

眼から凝り解けゆく春の雪

遅き日や後部座席の津軽弁

東日本大震災から十年

サイレンの此処には鳴らず紅椿

鳥帰る廃船といふ道しるべ

野々島

島凪ぐや落花行き着く貝の殻

桂島

花菜畑やうやく人の気配かな

畔切の人に夕日の朱のかげり

復興　二句

潮風の吹きぬけてゆく苺摘

再建の社殿の小振り南吹く

てんと虫東京からの速達便

新川

人白くほたるの森へ溶けきれず

蟬の屍を日陰に運ぶ朝かな

八月の禁を増やして回覧板

朝涼やタオルケットを少し引く

もう消えし夢の記憶の爽やかに

山々は青空区切るそばの花

新幹線無月の山へなだれこむ

とんばうの良き日だまりを回りをり

栗の毬一つ轢かれて村境

鶴の湯

銀河蕩揺水車の音の夜通しに

星月夜朴の木の暗大きかり

敗蓮の突つ伏す水の白さかな

世古諏訪さん

冬木に日木の生涯の閃めけり

令和四年

雑煮椀どかと座したる遺影かな

寒夜更く分厚き湯呑一つ伏し

大沢温泉

湯治棟の十円の瓦斯あたたかし

掛時計音を連ねて彼岸来る

朝の靄梅林の疎をふくらまし

笠島にすつと日向の蝶消ゆる

夕方につつまれてゆく磯遊び

風信子激しき雨へ立ちにけり

赤間美代子さん

あたたかし貰ひしままの旅行券

寒風沢島

葱坊主雲生まれつつある低さ

葉桜の山毛欅よりの風梳きゐたり

廃村に田の二枚ある五月晴

雨後しばし森の匂ひの夏座敷

勿来海岸

六月の足裏を圧す貝の殻

山女の屍ひかりに沈みゐて白し

夕立の空展けゆく古墳群

野馬追　雲雀ケ原二句

甚句平らか夏雲の平らかに

武者振ひ落とし馬の冷やさるる

安里琉太さん結婚披露宴　那覇

スコールの海より白く鷗二羽

喜屋武岬　三句

夏怒濤打ち寄するときなほ青し

ひめぢよをん古城(グスク)の海に人のゐず

夏の礁滅びのときを誰も知らず

斎場御嶽

砲弾池蟬声没みては継げり

備瀬　二句

集落を人影蜘蛛の狩しづか

引波に珊瑚小蟹のすべりだす

瀬底島　四句

牛糞の潰えて暑さ広げをり

山羊の腹数字真つ赤に木下闇

一島に雲の速力ラムネ噴く

夕立や昂然としてパインの木

送り火の果てゆく先の夜の湿り

霧の中霧雨の筋見えてきし

鈴虫の烈しやグリム童話集

一苑の枯を進むる日のぬくみ

円通院

冬日濃し殉死の墓の地に親し

白雲の星をこぼしてしばれけり

冬の虹生まるる工業地域帯

歳晩の青空の窓さつと拭く

令和五年

起伏なす暮しの灯り初日の出

一月も茫と石屋のモアイ像

肩回す背骨を鳴らす着膨れて

冬耕に魚干す風の触れゐたり

雄勝　復興道路開通

御留山その跡形の眠りけり

日時計の浮きあがる夜の雪の原

跋

浅川芳直氏は現在、東北の若手俳人で作る俳誌「むじな」発行の責任を負う。発行の話を相談されたときに、その志よし、と即答したことを覚えてる。自らが俳句世界に立ち向かう、その意気と責任の強さが、すでに全身から伝わってきたからだ。後日、句誌を手渡され、改めて感心した。雑誌の質も高く幅も広い。編集のセンスもある。何より雑誌をまとめる馬力がある。それは若者には珍しいほど、いわゆる胆力が座っているからだと思った。

句集『夜景の奥』は待望の一集である。

浅川氏の世界は、粗削りな部分がまだあるにしも、骨法はすでに身につけている。それは「駒草」という阿部みどり女が創刊し、現在西山睦主宰の世界にあっては当然のことだろう。なにより風格がある。これは資質から現れるもので、持って生まれたセンスのようなものだ。例えば、次の句、

吾のほかに涼しと言はぬ鉄路なり

ここには何より〈鉄路〉へと自らを重ね、他に紛れることを拒絶するような空気が流れている。一人〈涼し〉とする孤高の精神（スピリッツ）の様なものがある。資質といったが、古風な言い方になるが、血筋のようなものを感じる。

城山より見据ゑ阿武隈夏霞

戦国の世にあった〈浅川城址〉と前書のあるこの句からは、芭蕉の古里伊賀を詠んだ句、〈城跡や古井の清水まづ訪はん〉を想い出す。これに対して浅川氏の情景は、みちのくの大河、阿武隈川とスケールが大きい。〈見据ゑ〉と、大河の滔々と流れる水面を凝視する浅川氏の姿からは、祖霊への深い思いが伝わってくる。この思いの強さは、そのまま自らの俳句への志へと転化する。

あらためて浅川氏の俳句世界を捉えれば、みどり女の系譜に連なる即物写生ということになる。

曼珠沙華吹き残されて茎二本

雪飛ばす山を彼方に鳩の首

野々島

島凪ぐや落花行き着く貝の殻

いずれも視線は対象を真っすぐにとらえ、清新な詩情が籠る。しかしその世界は、即物写生にとどまらない。あふれ出る感性をぎりぎりまでに制御した詩情が塊のように見え隠れしている。みどり女の名言、「写生は眼が三分、心が七分」の通り、まさに次の句には作者らしい抒情があふれている。

新川

人白くほたるの森へ溶けきれず

わが深きところへ飛雪息晒す

川原毛地獄

背骨より秋思のゆるぶ野湯かな

一本は海に吼えたる黄水仙

浅川氏は東北大学大学院文学研究科で哲学を専攻する現役の研究生である。その傍ら、大学の剣道場へ通う。そこで目にするのは、俳句と同じように、肝の据わった鋭い剣さばきであるに違いない。

剣道大会

一瞬の面に短き夏終る

虎尾草へ気息をおろす素振りかな

立看板減りゆく桜蘂降れり

論文へ註ひとつ足す夏の暁

キャンパスに立看板が乱立していた私の七十年代の大学の空気と現在の情景に違いはある。しかし春になると桜の光景は変わらずに訪れる。変わるものと変わらぬ世界は、今も厳然としてある。そこに浅川氏は立つ。

最後に私が特に惹かれた一句を引き、感想を述べ、句集『夜景の奥』上梓の贐とする。

歳晩の青空の窓さつと拭く

松島円通院での一句である。新たな年を迎えるための、凛とした空気が張り詰めている。方丈での僧侶の姿を詠んだものだが、ここに私は、作者を重ねる。単なる年迎えの光景にとどまらない。来るべき未来への浅川氏の意気そのものを読み取る。まさに自らが、明日へ向かって己自身を、拭き上げようとする姿に思えてくるのだ。未来に生起する様々な困難を前に、少しもぶれずに意気軒昂としている清々しい浅川氏の表情が目に浮かんでくるのである。

渡辺誠一郎

令和五年十一月

あとがき

本書は私の第一句集です。平成十四年秋から令和五年一月までの作品二八六句を収めました。不器用な句を大切に残したつもりです。至らぬ点も目に付きますが、欠点にこそ本当のものが潜んでいると思うから。

集名の『夜景の奥』は、胸に沁み込んだ研究室の眺めに因みました。仙台の夜の奥には、南に大年寺山、北に七ツ森が茫と据わっています。

句稿を閲していると、思い出と共にもう会えない人の顔も浮かんできます。多くの出会いにより、かけがえのない緊張とよろこびを与えられてきたこと、感謝のほかはありません。沈潜する記憶をここに整理し、夜景の奥へ新たな出発を期したいと思います。

末筆となりますが、本書刊行について多くの助言をいただいた西山睦先生と渡辺誠一郎先生、いつも黙々と範を示して下さる蓬田紀枝子先生、句集を編む機会を下さった東京四季出版の上野佐緒編集長に厚く御礼申し上げます。

令和五年夏

浅川芳直

著者略歴

浅川芳直（あさかわ　よしなお）

平成四年　宮城県名取市生まれ（本籍　宮城県角田市）
平成十年　「駒草」入門
平成二十九年　「むじな」創刊（発行人）
令和二年　第八回俳句四季新人賞
令和三年　令和三年度宮城県芸術選奨新人賞
令和四年　第六回芝不器男俳句新人賞対馬康子奨励賞
令和五年　「駒草」同人

現　在
宮城県俳句協会常任幹事
河北ＴＢＣカルチャーセンター講師　宮城刑務所俳句クラブ講師
宮城刑務所文芸誌「あをば」俳句選者
「河北新報」朝刊コラム「秀句の泉」水曜、土曜執筆者

分担執筆
現代俳句協会青年部（編）『新興俳句アンソロジー　何が新しかったのか』ふらんす堂、
２０１８年（「齋藤玄」）
高野ムツオ、西澤美仁、花部英雄（編）『教科書に出てくる歌人・俳人事典』丸善出版、
２０２２年（「加賀千代女」「中村草田男」）
日本近代文学館（編）『日本近代文学大事典』増補改訂デジタル版、講談社、２０２３年
（「山口青邨」増補分）

シリーズ MUGEN∞ 1

句集 夜景の奥

やけいのおく

二〇二三年一二月二日 第一刷発行
二〇二四年 四月八日 第二刷発行

著 者●浅川芳直
発行人●西井洋子
発行所●株式会社東京四季出版
〒189-0013 東京都東村山市栄町二―二二―二八
電 話 〇四二―三九九―二一八〇
FAX 〇四二―三九九―二一八一
haikushiki@tokyoshiki.co.jp
https://tokyoshiki.co.jp/

印刷・製本●株式会社シナノ
定価はカバーに表示してあります。

ISBN978-4-8129-1134-1